Christina Koenig

Ballettgeschichten

Illustriert von Julia Ginsbach

Für Davina Kramer
J.G.

Der Umwelt zuliebe ist dieses Buch
auf chlorfrei gebleichtem Papier gedruckt.

ISBN 978-3-7855-4914-8
4. Auflage 2007
© 2004 Loewe Verlag GmbH, Bindlach
Umschlagillustration: Julia Ginsbach
Reihenlogo: Angelika Stubner
Printed in Italy (011)

www.loewe-verlag.de

Inhalt

Kein Kuss für Dornröschen 8

Eltern tauschen? 19

Fußball im Tutu 28

Wie eine echte Ballerina 37

Kein Kuss für Dornröschen

Leona ist total aufgeregt.
Heute darf sie
das Dornröschen tanzen!

Dornröschen aus dem Märchen, das
von einem Prinzen wachgeküsst wird,
nachdem es hundert Jahre
geschlafen hat.

Pünktlich um vier treffen die Mädchen
im geschmückten Festsaal ein.
Zuerst werden die Kostüme verteilt.

Die Mädchen verwandeln sich
in zauberhafte Feen, eine Königin,
einen König und einen dicken Koch.

Leona wird zu Dornröschen
und Mara zu einem edlen Prinzen.

Als Mara Leona das Krönchen aufsteckt,
bricht ein goldener Zacken ab.
„Das hast du extra gemacht!",
faucht Leona mit blitzenden Augen.

„Du spinnst wohl!", giftet Mara zurück.
Leona dreht sich um
und stapft wütend zur Bühne.

Das Stück klappt zunächst prima:
Dornröschen sticht sich an der Spindel,
fällt vom Hocker
und dann in einen tiefen Schlaf.

Der Prinz mit seinem Schwert tritt auf.
Mutig kämpft er sich
durch die Dornenhecke.

Aber was ist denn nun los?
Wie angenagelt bleibt der Prinz vor
dem schlafenden Dornröschen stehen.

Dabei müsste er es
doch jetzt küssen!
Aber nichts passiert.
Keine Freude, kein Kuss.
Einfach nichts!

Das Publikum wird unruhig.

„Ob das 'ne moderne Fassung ist?",
flüstert eine Dame ihrem Nachbarn zu.

„Wo bleibt der Kuss?",
ruft jemand anders.
„Küssen! Küssen!",
fordert schließlich der ganze Saal.

Mara ist immer noch
total sauer auf Leona.
„Von mir kriegt die keinen Kuss",
murmelt sie.

Da macht Dornröschen ein Auge auf
und riskiert einen Blinzelblick.

„Tut mir Leid wegen vorhin",
wispert Dornröschen kleinlaut.
Da muss der Prinz lachen.

Der Streit ist plötzlich vergessen,
und endlich erfolgt
der erlösende Schmatz.

Das Publikum ist begeistert.
„Zugabe!", ruft es von allen Seiten.

Da küsst der Prinz Dornröschen
einfach noch einmal.

Und wenn sie nicht gestorben sind,
dann tanzen sie noch heute.

Eltern tauschen?

Anne und Katharina treffen sich
wie jeden Dienstag
vor dem Eingang der Turnhalle.

Katharina muss zum Judo
und Anne zum Ballettunterricht.

„Ich würde viel lieber Ballett machen",
gesteht Katharina sehnsuchtsvoll.
„Aber meine Eltern wollen das nicht."

„Und ich habe viel mehr Lust auf Judo",
antwortet Anne geknickt.

„Aber das wollen *meine* Eltern nicht."

Katharina begleitet Anne
in die Umkleidekabine.

Hübsche Trikots haben
die Mädchen an, und Schläppchen
mit glänzenden Bändern.
Katharina findet ihren Judoanzug
richtig langweilig dagegen.

21

„Wir könnten doch unsere Eltern
tauschen", überlegt Katharina laut.
„Dann kannst du zum Judo gehen –
und ich zum Ballett."

„Ich glaube, Eltern tauschen
geht nicht", seufzt Anne.

Und nach einer kleinen Pause sagt sie:
„Aber Unterricht tauschen, das geht!"

Gesagt, getan.
Von nun an geht Katharina zum Ballett,
und Anne trainiert in der Judoschule.

Beide finden es richtig super.
Anne macht sogar heimlich
die Prüfung für den gelben Gürtel.

Doch dann entdeckt Katharinas Mutter
das Tutu in Katharinas Zimmer.

Und die Einladung
zur großen Ballettaufführung.

Jetzt muss Katharina gestehen,
dass sie mit Anne
den Unterricht getauscht hat.
Prompt folgt ein saftiges Donnerwetter!

Aber Katharinas ersten Auftritt
lassen sich ihre Eltern
natürlich nicht entgehen.

Auch Anne und ihre Eltern
sind gekommen.
Der Bühnenvorhang geht auf,
und elf kleine Elfen tanzen herbei.

Die Zuschauer klatschen begeistert,
als die Elfen die gute Fee befreit haben.
Auch Katharinas Eltern sind stolz
auf ihre kleine Ballerina.

Klar darf Katharina weiter tanzen,
und Anne übt für ihren nächsten Gurt.

Fußball im Tutu

Juliane und Jana
fahren gemeinsam zum Ballett.

Juliane lässt ihre Sporttasche
nicht aus den Augen.
Schließlich ist ihr neues Tutu darin!

An der nächsten Haltestelle
wird die U-Bahn voll.
Eine Horde Jungs drängelt sich
zwischen Jana und Juliane.

„Los, wir sind da, wir müssen raus!",
ruft einer der Jungen
nach drei Stationen.

Die Mädchen atmen erleichtert auf.
Doch plötzlich wird es Juliane
heiß und kalt vor Schreck.
„Die haben meine Tasche geklaut!"

Bevor die U-Bahn wieder losfährt,
springen die Mädchen
auf den Bahnsteig.

Aber von den Jungen
fehlt bereits jede Spur.
„So ein Mist!", schimpft Jana.

„Einer hat was von Fußball gesagt.
Die wollen bestimmt zum Training",
kombiniert Juliane scharfsinnig.

Den Sportplatz in der Nähe der U-Bahn
haben die beiden schnell gefunden.

Dann folgen sie einfach ihren Ohren.
Die Jungen sind nicht zu überhören.
„Hier ist die Umkleide",
flüstert Jana und zeigt auf eine Tür.

Juliane reißt die Tür auf.

Direkt vor ihnen
steht ein dünner Junge,
der sich gerade das Tutu
vor den Bauch hält.
Die anderen biegen sich vor Lachen.

33

„Gib das sofort her, du Dieb!",
ruft Juliane sauer.
Schlagartig wird es still im Raum.

„Ich bin kein Dieb", stottert der Junge.
„Und wie kommst du dann
an mein Tutu?", fragt Juliane.

Ein älterer Junge erklärt grinsend:
„Ich habe Michas Tasche versteckt.
Und dann hat er wohl deine erwischt."

Juliane ist heilfroh, dass alles nur
eine dumme Verwechslung war.

Auch Micha atmet auf,
als sein Kumpel ihm
seine Sporttasche zurückgibt.

Auf Fußball im Tutu
kann er nämlich gut verzichten.

Wie eine echte Ballerina

„Fertig", sagt Frau Roth zufrieden,
als sie Antonias Wangen gepudert hat.
„Jetzt kann es losgehen."

Antonia betrachtet sich im Spiegel.
Wunderschön sieht sie aus
mit Tutu und hochgestecktem Haar.

37

Gemeinsam mit zwei anderen Mädchen
betritt Antonia den Prüfungsraum.
Die Mädchen sind aufgeregt,
denn alles ist irgendwie besonders.

Vor dem Klavier sitzt die Prüferin.
Sie kommt aus England,
von der Königlichen Ballettschule.

Die Mädchen begrüßen sie
mit einem Knicks.
Antonia ist ganz feierlich zu Mute.

Die Prüferin lächelt und sagt an,
was die Mädchen ihr vortanzen sollen. 39

Die Klaviermusik beginnt,
und Antonia tanzt die Grundpositionen
der Arme und Beine.

Dann kommen Pliés, Battements –
und schließlich sogar eine Pirouette.
Mit jeder Sekunde wird Antonia sicherer.

Sie hätte gern noch weitergetanzt.
Aber nach dreißig Minuten
ist die Prüfung vorbei.

Die Mädchen erzählen ihren Eltern,
wie es gewesen ist.
Dann werden noch Fotos gemacht.

Am nächsten Tag erfährt Antonia,
dass sie die Prüfung bestanden hat.

Glücklich betrachtet sie das Foto,
das die Eltern von ihr gemacht haben.
Wie eine echte Ballerina
sieht sie darauf aus!

„Irgendwann",
träumt Antonia und sieht sich
über eine große Bühne wirbeln,
„werde ich im Königlichen Ballett
tanzen. Dort, wo die englische
Prüferin zu Hause ist."

Christina Koenig wurde in Westfalen geboren und lebt heute in einem brandenburgischen Dörfchen bei Rheinsberg. Sie hat verschie-dene Berufe ausgeübt, war Mitglied eines Marionettentheaters und studierte in Berlin und Rio de Janeiro Film und Kommunikation. Heute schreibt sie mit Lust und Liebe Bücher und Drehbücher und freut sich über Post, die der Verlag gerne weiterleitet.

Julia Ginsbach wurde 1967 in Darmstadt geboren. Nach ihrer Schulzeit studierte sie in Heidelberg Musik, Kunst und Germanistik und schloss ihr Studium am Institut für Kinder- und Jugendbuchforschung in Frankfurt am Main ab. Heute lebt sie mit ihrem Mann und ihren fünf Kindern, jeder Menge Farben, Pinsel, Papier, Büchern und Musik in einem großen Gutshaus in Mecklenburg-Vorpommern und illustriert am liebsten Kinderbücher.

Einige französische Ballettbegriffe:

Tutu (sprich *tütü*): Ballettrock aus weit abstehendem Tüllstoff

Plié (sprich *plijee*): Kniebeugen in den verschiedenen Grundpositionen der Beine

Battement (sprich: *battmo*): Anheben des Beines aus den Grundpositionen und Auftippen der Fußspitze auf dem Boden

Pirouette (sprich: *pieruette*): Körperdrehung auf einem Bein

Pirouette

Ballett